AF462295

4 DEC. 1865

99P

VENTE PAR SUITE DE DÉCÈS Montigny

ET EN VERTU D'ORDONNANCE DE RÉFÉRÉ

Les 14, 15, 16, 18, 19, 20 et 21 Décembre 1865

COLLECTIONS

D'OBJETS D'ART

ET DE CURIOSITÉ

DE LA CHINE ET DU JAPON

EXPOSITIONS { PARTICULIÈRE, le mardi 12 décembre 1865
PUBLIQUE, le mercredi 13 décembre 1865

Mᵉ Ch. PILLET et Mᵉ Eugène ESCRIBE
COMMISSAIRES-PRISEURS

MM. MANNHEIM et MALINET
EXPERTS

PARIS. — IMPRIMERIE PILLET FILS AINÉ
5, RUE DES GRANDS-AUGUSTINS

CATALOGUE

d'une importante Collection

D'OBJETS D'ART

Et de Curiosité

DE LA CHINE & DU JAPON

Émaux cloisonnés; Émaux peints; Matières précieuses, telles que :, Jades, Cristaux de roche, Agates orientales, etc.; Porcelaines; Bronzes incrustés d'argent; Laques; Sculptures en bois et en ivoire; Instruments de musique; Albums et Livres; Meubles, parmi lesquels on remarquera de très-beaux lits en marqueterie de Ning-Po; Objets variés

DONT LA VENTE AUX ENCHÈRES PUBLIQUES AURA LIEU

PAR SUITE DE DÉCÈS

ET EN VERTU D'ORDONNANCE DE RÉFÉRÉ

HOTEL DROUOT, SALLE N° 7

Les Jeudi 14, Vendredi 15
Samedi 16, Lundi 18, Mardi 19, Mercredi 20
et Jeudi 21 Décembre 1865

A UNE HEURE ET DEMIE

Par le ministère de Me **CHARLES PILLET**, Commissaire-Priseur, rue de Choiseul, 11

Et de Me **ESCRIBE**, Commissaire-Priseur, rue Saint-Honoré, 217,

Assistés de MM. **MANNHEIM**, Experts, rue de la Paix, 10,

Et de M. **MALINET**, marchand de curiosités, quai Voltaire, 25,

Chez lesquels se trouve le présent Catalogue.

EXPOSITIONS { PARTICULIÈRE, le Mardi 12 Décembre 1865
PUBLIQUE, le Mercredi 13 id.

De une heure à cinq heures.

CONDITIONS DE LA VENTE

Elle sera faite au comptant.

Les acquéreurs payeront, en sus des adjudications, *cinq pour cent*, applicables aux frais.

Paris. Imp. Pillet fils aîné, rue des Grands-Augustins, 5.

ORDRE DES VACATIONS

LE JEUDI 14 DÉCEMBRE

Émaux cloisonnés	1	à	17
Jades	119	à	133
Cristaux de roche	210	à	222
Porcelaines	296	à	327
Bronzes	489	à	503
Laques	579	à	586
Sculptures	626	à	635

LE VENDREDI 15 DÉCEMBRE

Émaux cloisonnés	18	à	34
Jades	134	à	148
Agates et Matières diverses	223	à	236
Porcelaines	328	à	359
Bronzes	504	à	518
Laques	587	à	594
Sculptures	636	à	645

LE SAMEDI 16 DÉCEMBRE

Émaux cloisonnés	35	à	51
Jades	149	à	163
Agates et Matières précieuses	237	à	250
Porcelaines	360	à	391
Bronzes	519	à	533
Laques	595	à	602
Sculptures	646	à	655

LE LUNDI 18 DÉCEMBRE

Émaux cloisonnés	52	à	68
Jades	164	à	179
Agates et Matières diverses	251	à	265
Porcelaines	392	à	423
Bronzes	534	à	548
Laques	603	à	610
Sculptures	656	à	665

LE MARDI 19 DÉCEMBRE

Émaux cloisonnés	69	à	85
Jades	180	à	193
Agates et Matières diverses	266	à	280
Porcelaines	424	à	455
Bronzes	549	à	563
Laques	611	à	618
Sculptures	666	à	675

LE MERCREDI 20 DÉCEMBRE

Émaux cloisonnés	86	à	104
Jades	194	à	209
Agates et Matières précieuses	281	à	295
Porcelaines	456	à	488
Bronzes	564	à	578
Laques	619	à	625
Sculptures	676	à	685

LE JEUDI 21 DÉCEMBRE

Émaux peints	105	à	118
Sculptures	686	à	693
Instruments de musique	694	à	701
Divers	702	à	711
Dessins et Livres	712	à	725
Meubles	726	à	754

DÉSIGNATION

DES OBJETS

Émaux cloisonnés.

1 — Grand et beau brûle-parfums de forme sphérique, décoré de fleurs et d'animaux divers émaillés en couleurs, sur fond bleu turquoise. Il repose sur trois grues sacrées en ronde bosse et en émail cloisonné, dont les longs cols viennent s'appliquer sur la panse. Les anses sont formées de dragons en bronze doré, et le couvercle, composé de fleurs et d'ornements découpés à jour, est surmonté d'un fort bouton en bronze doré; socle et contre-socle en bois sculpté.

2 — Brûle-parfums de forme ronde reposant sur trois pieds droits et à anses surélevées, le tout décoré d'ornements émaillés en couleurs sur fond bleu turquoise. Le couvercle, émaillé de même, est enrichi d'ornements en bronze doré découpés à jour et surmonté d'un fort bouton composé d'un dragon et de nuages.

3 — Grand vase en forme de cornet, à panse à balustre. Il est décoré de fleurs émaillées en couleurs sur fond bleu turquoise et enrichi d'arêtes en relief, en bronze.

4 — Fort vase à panse surbaissée et gorge évasée entièrement couvert de fleurs, d'animaux et d'ornements émaillés en couleurs sur fond varié ; il est enrichi de têtes de béliers en relief et d'arêtes en bronze doré découpées à jour.

5 — Vase en forme de balustre décoré de fleurs et d'ornements émaillés en couleurs variées sur fond vert d'eau.

6 — Deux brûle-parfums de forme carrée et à couvercles, en émail cloisonné à fleurs et ornements. Ils sont enrichis de médaillons ornés de branches, de feuilles et de fleurs en relief et de galeries à grecques en bronze doré découpées à jour. Les pieds à consoles, sont surmontés de têtes chimériques en bronze doré. Socles étagères en bois sculpté, enrichis de galeries en ivoire teint et découpées à jour.

7 — Deux lanternes de forme carrée en émail cloisonné à fleurs et ornements, et enrichies de galeries découpées à jour.

8 — Deux porte-allumettes appliques en forme de gourdes, décorés d'ornements, de chauves-souris, de caractères émaillés en couleurs, sur fond bleu turquoise.

9 — Miroir à main, dont la monture en émail cloisonné est décorée de fleurs et d'ornements.

10 — Vase en forme de cornet reposant sur un bélier en ronde

bosse. Cette pièce est décorée dans toutes ses parties de fleurs et d'ornements, émaillés en couleurs sur fond bleu turquoise et enrichie d'ornements en bronze doré.

11 — Vase en forme de balustre décoré d'ornements et de rosaces émaillés en couleurs sur fond vert d'eau et bleu turquoise.

12 — Vase en forme de balustre élevé, décoré de médaillons, de fleurs et d'ornements émaillés en couleurs sur fond bleu turquoise. La gorge est garnie d'anneaux mouvants en bronze.

13 — Brûle-parfums de forme carrée reposant sur quatre pieds à têtes fantastiques et à anses surélevées. Il est décoré d'ornements émaillés en couleurs, sur fond bleu turquoise et sa panse est garnie d'arêtes en relief à grecques réservées sur fond bleu. Le couvercle, enrichi de fleurs découpées à jour est surmonté d'une chimère assise en bronze doré.

14 — Beau vase en forme de bouteille, décoré de fleurs et de volatiles, émaillés en couleurs sur fond bleu lapis; son goulot est garni de deux anses droites composées de fleurs et d'oiseaux en bronze doré et découpés à jour.

15 — Vase de forme surbaissée décoré de médaillons de fleurs, sur fond bleu turquoise, avec entourages de rosaces et d'ornements variés.

16 — Vase en forme de balustre décoré de fleurs et d'ornements en couleurs sur fond bleu turquoise.

17 — Cassolette de forme surbaissée décorée de fleurs émaillées en couleurs sur fond bleu turquoise. Les pieds, les anses et la gorge sont en bronze.

18 — Bel écran de forme ronde en émail cloisonné, représentant un paysage enrichi de personnages et figurant le Printemps. Monture en bois sculpté, découpé à jour.

19 — Ecran analogue à celui qui précède, il représente l'été.

20 — Autre écran pareil représentant l'Automne.

21 — Un autre représentant l'Hiver.

22-23 — Quatre coupes vide-poches en émail cloisonné à ornements sur fond bleu turquoise. Elles seront vendues par paires.

24 — Une coupe analogue à celles qui précèdent.

25 — Deux jardinières de forme carrée décorées d'ornements émaillés en couleurs sur fond bleu turquoise.

26 — Coupe de forme ronde et évasée, décorée intérieurement et extérieurement de fleurs et de poissons émaillés en couleurs. Elle est garnie de deux anses en bronze doré, formées de têtes chimériques et d'anneaux mouvants. Qualité très-ancienne.

27 — Deux flambeaux de forme cylindrique en émail cloisonné à fleurs et ornements. Ils reposent sur des pieds élevés en bois.

28 — Deux flambeaux garnis de larges plateaux et décorés dans toutes leurs parties de fleurs et d'ornements émaillés en couleurs sur fond bleu turquoise.

29 — Petit brûle-parfums de forme sphérique à couvercle en émail cloisonné à fleurs et ornements sur fond bleu turquoise ; les pieds et les anses, à têtes chimériques, sont en bronze doré.

30 — Cornet à panse renflée décoré de fleurs et d'ornements en couleurs sur fond bleu turquoise.

31 — Petit écran carré en émail cloisonné, représentant un arbre sur fond bleu turquoise; monture en bois sculpté découpé à jour.

32 — Chauffe-main en émail cloisonné, à fleurs et ornements, sur fond varié de couleurs.

33 — Deux boîtes de forme contournée et plate avec parties champlevées représentant des fleurs, des fruits, etc., décorés en émaux translucides.

34 — Deux belles boîtes de forme lenticulaire, dont le pourtour est décoré de fleurs émaillées en couleurs sur fond bleu lapis. Le dessus offre un médaillon de paysage avec cours d'eau.

35 — Garniture de trois pièces; cassolette et flambeaux en émail cloisonné à fleurs sur fond bleu turquoise. Socle étagère en bois sculpté découpé à jour.

36 — Deux brûle-parfums en forme de chimères debout, en cuivre repoussé et émaillé à gouttelettes.

37 — Cassolette de forme surbaissée en émail cloisonné, à fleurs et ornements sur fond bleu turquoise, avec parties réservées en bronze.

38 — Très-petite cassolette de forme sphérique, reposant sur trois pieds droits, en émail cloisonné à fleurs et ornements sur fond bleu turquoise ; le couvercle, en bronze découpé à jour est surmonté d'une chimère.

39 — Petite boîte de forme lenticulaire décorée de fleurs et d'ornements sur fond bleu turquoise.

40 — Boîte analogue à celle qui précède. Elle repose sur un petit pied en émail cloisonné.

41 — Cornet de forme basse et évasée, décoré de fleurs sur un fond bleu turquoise.

42 — Boîte de forme carré-long surélevée en émail cloisonné à fleurs sur fond bleu turquoise et avec frise réservée en bronze découpé à jour.

43 — Vase en forme de balustre, décoré de fleurs émaillées en couleurs sur fond bleu turquoise et à anses, têtes chimérique, en bronze doré.

44 — Porte-fleurs de forme sphérique à cinq lobes, décoré de fleurs et de papillons sur fond bleu turquoise.

45 — Deux grands flambeaux de forme carrée, garnis de larges plateaux; ils sont couverts dans toutes leurs parties de fleurs et d'ornements émaillés en couleurs sur fond bleu turquoise.

46 — Petit bassin de forme ronde décoré d'ornements émaillés en couleurs, sur fond bleu turquoise; l'intérieur présente un médaillon de paysage avec animaux.

47 — Cornet en émail cloisonné à fleurs et ornements sur fond varié de couleurs; sa panse renflée est garnie d'arêtes en bronze doré, découpées à jour.

48 — Deux bols décorés intérieurement et extérieurement d'animaux fantastiques se jouant dans les flots.

49 — Vase en forme de balustre carré décoré d'ornements émaillés en couleurs sur fond bleu turquoise et enrichi d'arêtes en relief réservées en bronze doré. Les anses, à têtes chimériques, sont émaillées en partie.

50 — Deux cornets à panses renflées, décorés de fleurs et d'ornements en couleurs.

51 — Jardinière de forme carré-long, dont le pourtour est décoré de poissons et d'ornements émaillés en couleurs sur fond bleu turquoise; socle étagère en bois sculpté découpé à jour.

52 — Bol dont l'extérieur est décoré d'arbustes émaillés en couleurs sur fond bleu turquoise; l'intérieur offre un

médaillon décoré d'un poisson, avec entourage émaillé blanc.

53 — Plateau de forme ronde, décoré intérieurement et extérieurement de fleurs et d'oiseaux sur fond vert d'eau. Il offre à son centre une figure d'enfant émaillée noir sur fond blanc.

54 — Bassin de forme ronde, décoré de fleurs sur fond bleu turquoise et offrant à l'intérieur des animaux chimériques émaillés en couleurs.

55 — Tableau de forme carré-long avec bordure à compartiments, le tout représentant des fleurs et des oiseaux, émaillés en couleurs sur fond bleu turquoise; monture en bois laqué.

56 — Deux tableaux analogues à celui qui précède, mais de moindre hauteur.

57 — Ecran de forme carré-long et à deux faces; l'une d'elles présente des arbustes et des oiseaux émaillés en couleurs sur fond bleu et l'autre un paysage avec kiosques et cours d'eau; monture en bois sculpté.

58 — Deux tasses à couvercles, décorées de fleurs et d'ornements en couleurs sur fond bleu turquoise.

59 — Deux boîtes de forme cylindrique à quatre compartiments, décorées de fleurs et de grecques en couleurs sur fond bleu turquoise.

60 — Garniture de cinq pièces : brûle-parfums, cornets et flambeaux, décorés dans toutes leurs parties de caractères émaillés bleu foncé, sur fond bleu turquoise. Le couvercle et les pieds de la cassolette sont enrichis de parties réservées en bronze doré. 3540

61 — Deux boîtes en forme d'équerre dont le dessus offre des branches de fleurs émaillées en couleurs sur fond bleu foncé. Le pourtour est décoré de rosaces sur fond bleu turquoise et bleu foncé alternés. 215

62 — Deux boîtes de forme sphérique aplatie et sur piédouches; elles sont décorées de fleurs et d'ornements émaillés en couleurs sur fond varié. 460

63 — Écran de forme carré-long, présentant un paysage avec cours d'eau, figures et volatiles; monture en bois sculpté découpé à jour. 320

64 — Tableau de forme carré-long en hauteur, représentant une grue sacrée et des arbustes exécutés en relief et émaillés de couleurs variées. 501

65 — Deux tableaux de forme carré long, analogues à ceux décrits aux numéros 55 et 56. 955 Wetterhan

66 — Deux tableaux de forme carré-long, représentant des paysages avec cours d'eau et figures, émaillés en couleurs. 650

67 — Vase en forme de balustre, décoré de fleurs émaillées en couleurs sur fond bleu turquoise; les anses en bronze, à têtes chimériques, sont garnies d'anneaux mouvants. 747

68 — Écran de forme carré-long en hauteur, représentant des volatiles émaillés en couleurs sur fond bleu turquoise, avec grecques réservées.

69 — Grand brûle-parfums de forme octogone à double galerie superposée et couvercle dômé; il est décoré dans toutes ses parties de fleurs et d'ornements émaillés en couleurs, et il est enrichi de médaillons en bronze ciselé et doré, découpés à jour; il repose sur quatre pieds à têtes chimériques en bronze doré.

70 — Deux lanternes en forme de vases carrés, reposant sur des rochers en émail cloisonné; elles renferment des branches de fleurs exécutées en matières diverses; les socles, en bois de fer, sont garnis de galeries en émail cloisonné découpées à jour.

71 — Coupe de forme ronde et sur piédouche, décorée intérieurement et extérieurement de fleurs et d'ornements émaillés en couleurs.

72 — Petit bassin de forme ronde, decoré d'oiseaux, de fleurs et d'ornements émaillés en couleurs sur fond blanc et vert; qualité très-ancienne. Socle étagère en bois sculpté.

73 — Grand brûle-parfums de forme ronde à cinq lobes, surmonté d'une double galerie avec couvercle dômé; il est décoré dans toutes ses parties de fleurs et d'ornements émaillés en couleurs sur fond bleu turquoise, et enrichi d'ornements et d'animaux en bronze doré découpés à jour. Socle en bois sculpté.

74 — Deux écrans de forme carré long en hauteur, représentant des paysages enrichis de personnages; le fond réservé en bronze doré porte des inscriptions gravées; montures en bois sculpté découpé à jour. 655

75 — Deux lanternes en forme de vase, surmontées de pavillons; le tout en émail cloisonné découpé à jour et enrichi de pendentifs. 455 Wetterhan

76 — Deux autres lanternes, composées chacune de deux vases de forme cylindrique en émail cloisonné à ornements découpés à jour, et renfermant des bouquets de fleurs exécutés en diverses matières; un groupe d'animaux en bronze doré se trouve placé entre les deux vases. 203

77 — Boîte de forme ronde à deux compartiments, en émail cloisonné à fleurs et ornements de couleurs variées sur fond bleu turquoise.

78 — Brûle-parfums de forme surbaissée, en émail cloisonné à fleurs sur fond bleu turquoise. 255

79 — Petit vase à fleurs de forme cylindrique, décoré de fleurs et d'ornements émaillés en couleurs sur fond bleu turquoise. 170

80 — Cassolette de forme basse, en émail cloisonné à fleurs sur fond bleu turquoise; les anses à dragons et le couvercle sont en bronze doré. 182

81 — Très-joli petit vase forme balustre, décoré de fleurs et 190

d'ornements sur fond bleu turquoise; belle qualité ancienne.

82-83 — Quatre plateaux de forme contournée décorés de fleurs et d'ornements émaillés en couleurs sur fond bleu turquoise. Ils seront vendus par paires.

84 — Petit vase en forme de balustre carré à gorge très-évasée, décoré de fleurs et d'ornements émaillés en couleurs.

85 — Petit vase en forme de bouteille, décoré de fleurs sur fond bleu turquoise.

86 — Petit vase en forme de baril, décoré d'oiseaux et d'ornements émaillés en couleurs.

87 — Petit vase de forme cylindrique, décoré d'ornements émaillés en couleurs sur fond vert; les anses sont formées de têtes chimériques en bronze doré.

88 — Petite cassolette de forme surbaissée, décorée de fleurs sur fond bleu turquoise.

89 — Encrier en émail cloisonné, à branchages et fleurs sur fond bleu turquoise.

90 — Encrier analogue à celui qui précède.

91 — Deux autres encriers plus petits.

92 — Deux godets de forme carrée à angles rentrants, décorés

d'oiseaux et de fleurs émaillés en couleurs sur fond bleu turquoise.

93 — Boîte à thé de forme hexagone, décorée de fleurs et d'ornements émaillés en couleurs sur fond bleu turquoise.

94 — Deux petites boîtes rondes et plates, décorées d'ornements émaillés en couleurs.

95 — Trousse garnie de ses couteau et batonnets; le fourreau et le manche du couteau sont en émail cloisonné.

96 — Trousse analogue à celle qui précède, mais plus petite.

97 — Sceptre de mandarin en bronze doré, à ornements ciselés et découpés à jour, et garni de plaques d'émail cloisonné.

98 — Autre sceptre de mandarin en bois de fer sculpté, à branchages et animaux, et garni de plaques d'émail cloisonné.

99 — Plaque de forme longue en hauteur et légèrement cintrée; elle présente sur une de ses faces des grues sacrées, émaillées blanc sur fond bleu, et sur l'autre des ornements émaillés en couleurs sur fond blanc.

100 — Petit plateau rond à bords festonnés, décoré intérieurement et extérieurement d'ornements et de fleurs émaillés en couleurs; il porte au fond une marque à six caractères.

101 — Petit plateau rond à bords festonnés, décoré d'arbustes sur fond gros bleu.

102 — Deux petits plateaux ronds, décorés intérieurement et extérieurement de poissons, de chauves-souris et d'attributs divers émaillés en couleurs sur fond bleu turquoise.

103-104 — Cinq petits plateaux ronds en émail cloisonné. Ce lot sera divisé.

Émaux peints de la Chine.

105 — Vase en forme de gourde, en cuivre repoussé et doré, enrichi de médaillons finement peints en couleurs, représentant des paysages avec figures et des fleurs.

106 — Petit vase de forme carrée, décoré de médaillons de personnages, de fleurs et d'ornements, le tout peint en couleurs sur fond blanc; les anses sont formées de têtes fantastiques en cuivre repoussé et doré.

107 — Chauffe-mains en cuivre émaillé, décoré de fleurs et d'ornements sur fond bleu, et de médaillons de paysages avec animaux.

108 — Deux plateaux ronds décorés de chimères et de fleurs émaillées en couleurs sur fond jaune et blanc.

109 — Dix petits bols en cuivre émaillé, décorés de fleurs et d'ornements sur fond bleu.

110 — Douze tasses sans soucoupes, décorées de fleurs et d'ornements sur fond vert.

111 — Six très-petits plateaux ronds décorés de personnages dans le style européen.

112 — Deux vide-poches, modèle bateau, décorés de fleurs et d'ornements en couleurs sur fond vert clair.

113-114 — Huit plateaux de forme contournée, décorés de fleurs et d'ornements sur fond bleu à l'intérieur et sur fond vert à l'extérieur. Ils seront vendus par paires.

115 — Boîte de forme cylindrique à trois compartiments, décorée de fleurs et d'attributs divers émaillés en couleurs sur fond gros bleu.

116 — Trois petites jardinières décorées de fleurs et d'ornements sur fond bleu turquoise.

117 — Six petits plateaux décorés de personnages et de paysages.

118 — Trois pièces : un plateau de forme octogone décoré de fleurs sur fond vert d'eau, et deux soucoupes décorées de fleurs sur fond blanc et bleu alterné.

MATIÈRES PRÉCIEUSES

Jades.

119 — Jade blanc. — Vase en forme de balustre aplati à deux anses et anneaux mouvants pris dans la masse; la panse est décorée de paysages avec figures et animaux.

120 — Jade blanc verdâtre. — Vase en forme de cornet aplati et festonné, à deux anses et anneaux mouvants pris dans la masse; la panse renflée offre des ornements en relief.

121 — Jade blanc — Vase en forme de gourde aplatie, à deux anses et anneaux mouvants pris dans la masse, et branchages sculptés en relief sur la panse; socle en ivoire sculpté teint en vert.

122 — Jade blanc verdâtre. — Pitong en forme de tronc d'arbre, avec branchages sculptés en relief; socle en bois sculpté et doré.

123 — Jade blanc verdâtre. — Pitong dont le pourtour offre des branchages en relief.

124 — Jade blanc verdâtre. — Divinité debout sur un dragon chimérique; socle et contre-socle en bois sculpté.

125 — Jade blanc. — Deux petits écrans de forme carré-long en hauteur, avec branchages et fleurs sculptées en relief; ils sont placés dans de riches montures en émail cloisonné à fleurs et ornements en couleurs sur fond bleu turquoise.

126 — Jade blanc. — Deux écrans de forme carré long, présentant sur une de leurs faces des divinités assises dans un paysage, et sur l'autre un très-grand nombre de caractères; montures en bois sculpté découpé à jour.

127 — Jade blanc verdâtre. — Petit vase en forme de balustre aplati, à deux anses prises dans la masse et à ornements gravés sur la panse.

128 — Jade blanc verdâtre. — Deux coupes présentoirs avec couvercles; sur socle étagère en bois sculpté, découpé à jour.

129 — Jade blanc verdâtre. — Très-grand rocher, présentant sur une de ses faces quantité de personnages.

130 — Jade blanc. — Petit vase en forme d'aiguière antique à couvercle; l'anse est formée par une grecque et une chimère découpées à jour.

131 — Jade blanc verdâtre. — Petite théière dont l'anse et le goulot, pris dans la masse, sont ornés de têtes chimériques.

132 — Jade blanc verdâtre. — Vase en forme de feuille de

lotus, entouré de branchages et de fleurs; socle en bois sculpté.

133 — Jade blanc verdâtre. — Chimère couchée, portant un signe symbolique.

134 — Jade blanc verdâtre. — Groupe de trois béliers portant un disque.

135 — Jade blanc verdâtre. — Groupe de trois grues sacrées, debout et découpées à jour.

136 — Jade gris. — Écran de forme carré-long, dont les deux faces présentent des branchages et des fleurs sculptés à jour; monture en bois sculpté.

137 — Jade gris. — Deux petits écrans présentant sur chacune de leurs faces des paysages sculptés en relief avec personnages; montures en bois sculpté et découpé à jour.

138 — Jade blanc. — Écran de forme carré-long, présentant sur une de ses faces un paysage finement sculpté en relief. Sa monture, en bois sculpté et découpé à jour, est enrichie de filets en argent incrustés.

139 — Jade gris. — Deux écrans, dont l'un présente des paysages et des inscriptions décorés en or, et l'autre des paysages sculptés en relief. Montures en bois sculpté décoré à jour.

140 — Jade gris. — Trois petits écrans, dont deux présen-

tent des figures de personnages gravés et dorés, et l'autre des arbustes et des volatiles sculptés en relief. Monture en bois sculpté et découpé à jour.

141 — Jade blanc. — Deux écrans en forme de courge, entourés de rubans et d'ornements découpes à jour. Ils présentent sur une de leurs faces des paysages sculptés en relief et enrichis de personnages. Socles-supports en ivoire sculpté et teint en vert.

142 — Jade gris verdâtre. — Groupe d'un oiseau couché entouré de fleurs, sur son socle en bois sculpté.

143 — Jade gris. — Groupe de deux canards tenant des branches de fleurs.

144 — Jade gris. — Boîte en forme de courge, entourée de dragons et de chauves-souris sculptés en relief. Socle en bois sculpté.

145 — Jade gris. — Groupe représentant un rocher avec personnage et arbustes.

146 — Jade gris. — Écritoire formée de deux fleurs accolées.

147 — Jade gris. — Autre écritoire formée par une fleur entourée de branchages.

148 — Jade gris, avec partie rosée. — Groupe de trois béliers couchés.

149-150 — Jade gris. — Six blocs présentant sur chacune de

leurs faces des paysages avec personnages. Ils seront vendus par lots.

151 — Jade blanc. — Cylindre à brûler les parfums, dont le pourtour offre un paysage enrichi de personnages finement sculptés et découpés à jour. La base et le couvercle sont en jade vert gravé.

152 — Jade verdâtre. — Deux petits cornets enrichis d'arêtes en relief; l'un de forme ronde, l'autre de forme hexagone.

153 — Jade gris. — Deux appliques formant presse-papier, représentant des troncs d'arbres. Leurs pieds, en bois de fer sculpté, sont remarquables par la finesse de leur exécution.

154 — Jade gris. — Trois petites coupes représentant des animaux divers.

155 — Jade gris. — Petit socle support en bois de fer garni d'une plaque en jade gris finement sculptée et découpée à jour, représentant des arbustes et des animaux.

156 — Jade gris, jaspé de vert. — Deux petites coupes de forme ronde unie.

157 — Jade gris. — Deux petites coupes de forme ronde, à bords plats et couvercles bombés. Elles sont enrichies d'ornements gravés.

158 — Jade gris verdâtre. — Trois pièces; figure de poussah assis et deux groupes de fruits.

159 — Jade gris. — Coupe de forme octogone unie, à deux anses prises dans la masse et découpées à jour.

160 — Jade gris. — Écritoire de forme surbaissée, enrichie de fleurs gravées, et entourée de dragons sculptés en relief. 61

161 — Jade gris. — Deux très-petits écrans, l'un de forme carrée, représentant un dragon découpé à jour; l'autre de forme ronde, avec dragon sculpté en relief. 50 Wetterhan

162 — Jade gris. — Petite coupe ronde, à anses formées de dragons chimériques pris dans la masse et découpés à jour.

163 — Jade gris. — Coupe en forme de fruit, à une anse formée par un dragon et branche de fleurs. 66

164 — Jade verdâtre. — Groupe de deux troncs d'arbres entourés de branchages.

165 — Jade gris. — Coupe en forme de fleur, entourée de ses branchages, découpés à jour.

166 — Jade gris. — Deux coupes analogues à celle qui précède, mais plus petites.

167 — Jade gris. — Deux coupes de forme basse, en forme de fleurs, avec branchages.

168 — Jade gris et jade verdâtre. — Deux coupes en forme de fleurs.

169 — Jade gris. — Trois petites coupes de forme ronde, à pois sculptés en relief et à anses prises dans la masse.

170 — Jade gris. — Coupe analogue à celles qui précèdent, mais plus grande.

171 — Jade gris verdâtre. — Deux coupes de forme ronde, à ornements gravés sur la panse et à anses prises dans la masse.

172 — Jade verdâtre. — Deux coupes avec branchages sculptés en relief.

173 — Jade gris. — Coupe de forme octogone, à deux anses prises dans la masse et découpées à jour.

174 — Jade gris verdâtre. — Deux petites coupes de forme longue et à une anse prise dans la masse, et petite coupe ronde à deux anses.

175 — Jade gris. — Quatre pièces, dont trois boîtes de diverses formes et un plateau à broyer l'encre de Chine.

176 — Jade gris verdâtre. — Quatre tasses de forme ronde unie et sans anses.

177 — Jade gris jaspé de vert. — Douze très-petites tasses de forme ronde unie.

178 — Jade gris verdâtre. — Sept petits gobelets de forme ronde unie.

179 — Jade gris verdâtre. — Petit gobelet avec soucoupe et trois petits plateaux à quatre lobes.

180 — Jade vert. — Très-grand brûle-parfums de forme sphéroïdale, à deux anses surélevées prises dans la masse et découpées à jour; il repose sur trois pieds à têtes et griffes d'animaux chimériques. Socle et couvercle en bois sculpté, avec parties en émail cloisonné. 820

181 — Jade vert. — Très grand rocher présentant sur chacune de ses faces des arbustes et des personnages sculptés en relief. 180

182 — Jade vert. — Brûle-parfums de forme surbaissée, reposant sur trois pieds bas, et à anses et anneaux mouvants pris dans la masse ; le couvercle, de même matière, est surmonté de trois petits béliers couchés. 366

183 — Jade vert. — Très-fort pitong dont le pourtour offre des vues de paysages avec personnages ; sur socle en bois sculpté, découpé à jour et doré. Cette pièce mesure 225 millim. de diamètre et 185 millim. de hauteur. 750

184 — Jade vert. — Pitong analogue à celui qui précède, mais plus petit. 605

185 — Jade vert. — Personnage debout, sculpté en ronde-bosse et tenant une coupe. 182

186 — Deux flambeaux formés d'oiseaux debout, reposant sur des tortues placées dans des plateaux de forme ronde. 240

Socles en bronze doré découpés à jour, et contre-socles en bois sculpté.

187 — Jade vert. — Grande coupe ronde dont l'extérieur représente une fleur et dont les anses, prises dans la masse, sont formées de branchages et découpées à jour. Socle étagère en bois sculpté.

188 — Jade vert. — Deux coupes de forme ronde unie, sur socles en bois sculpté.

Jade vert. — Deux coupes analogues à celles qui précèdent.

190 — Jade vert. — Deux coupes analogues, mais sans socles.

191 — Jade vert. — Grand plateau rond uni, sur pied en bois sculpté.

192 — Jade vert. — Deux coupes de forme ronde et gravées, à godrons et canaux creux.

193 — Jade vert. — Petit bassin de forme ronde, à ornements gravés à l'extérieur.

194 — Jade vert. — Plateau rond et festonné, enrichi d'ornements gravés.

195 — Jade vert. — Deux coupes de forme ovale, festonnées, sur pieds en bois sculpté.

196 — Jade vert. — Joli cornet de forme carrée, à anses et

anneaux mouvants pris dans la masse. Il est entièrement couvert d'ornements finement gravés. Socle en jade gris, découpé à jour.

197 — Jade vert. — Deux petits écrans de forme carré-long en hauteur, couverts d'un décor de paysage et de caractères gravés et dorés.

198 — Jade vert. — Deux cylindres à brûler les parfums, dont le pourtour est couvert de paysages et de figures.

199 — Jade vert. — Porte-allumettes formé de deux troncs d'arbres entourés de branchages découpés à jour; sur socle en ivoire sculpté et teint.

200 — Jade vert. — Groupe de deux personnages debout et d'un cerf couché.

201 — Jade vert. — Deux écrans de forme carré-long en hauteur, présentant sur une de leurs faces des paysages avec figures et animaux.

202 — Jade verdâtre. — Très-grand cachet de forme carrée, surmonté de deux chimères accolées.

203 — Jade vert. — Petit plateau rond, sculpté à godrons. L'intérieur présente une branche de fleurs en relief.

204 — Jade gris. — Trois plateaux ronds, dont l'un présente des fleurs et des caractères gravés.

205 — Jade vert. — Quatre petites tasses rondes unies sans anses.

206 — Jade vert. — Trois petites tasses rondes unies sans anses, et une coupe offrant des fleurs dorées à l'intérieur.

207 — Jade gris. — Grand vase en forme de gourde, à deux anses et anneaux mouvants pris dans la masse ; sa panse est couverte de fleurs gravées en relief.

208 — Jade gris. — Deux pièces : mandarin debout et petit groupe de deux enfants couchés frappant sur un tambour de basque.

209 — Jade gris. — Deux pièces : groupe de fruits et d'animaux découpés à jour, et cornet de forme carrée à anses en relief.

Cristaux de roche.

210 — Cristal de roche avec parties teintées de vert. — Pitong de forme droite reposant sur un rocher et entouré d'un dragon, d'un oiseau et de branchages, le tout pris dans la masse et découpé à jour ; socle en bois sculpté.

211 — Cristal de roche teinté de vert. — Coupe à couvercle en forme de pêche de longévité entourée de ses branchages et feuilles, le tout pris dans la masse ; sur socle en ivoire sculpté.

212 — Vase en forme de balustre carré à ornements gravés et à deux anses prises dans la masse; le couvercle est surmonté d'un dragon chimérique découpé à jour.

213 — Vase de forme allongée avec branchages sculptés en relief et réservés dans une couche de teinte verdâtre.

214 — Figure de Confucius assis, en cristal de roche, avec parties repercées à jour; socle en bois sculpté.

215 — Deux divinités debout, en cristal de roche, sur socles en bois sculpté.

216 — Petite coupe en cristal de roche, en forme de fleur, dont le bouton lui tient lieu d'anse.

217 — Trois pièces en cristal de roche : deux personnages couchés, et animal dont quelques parties sont tigrées.

218 — Deux écritoires en cristal de roche formées de fruits et de branchages.

219 — Deux autres écritoires en cristal de roche, dont l'une est formée par une grenouille.

220 — Deux petits rochers en cristal de roche.

221 — Deux cachets de forme carrée surmontés de chimères en cristal de roche enfumé.

222 — Deux très-petits groupes : enfant et chimère avec parties de teinte verdâtre.

Agates orientales et Matières diverses.

223-227 — Agate orientale de diverses couleurs. — Onze petites coupes de forme contournée, à deux anses prises dans la masse; elles seront vendues séparément.

228 — Agate orientale mamelonnée et mouchetée. — Coupe en forme de fruit dont l'anse, prise dans la masse, est formée par une chimère.

229 — Agate orientale mamelonnée. — Coupe analogue à celle qui précède, mais plus petite.

230 — Agate orientale. — Coupe de forme ronde entourée d'une chimère et de branchages pris dans la masse et repercés à jour.

231 — Agate orientale. — Petite coupe ronde unie.

232 — Agate orientale. — Vase en forme de coq, dont la tête lui tient lieu de couvercle.

233 — Agate orientale de teinte verdâtre. — Coupe en forme de tronc d'arbre avec branches découpées à jour.

234-237 — Agate orientale. — Neuf petites coupes de diverses formes et à deux anses prises dans la masse; elles seront vendues par lots.

238-243 — Agate orientale. — Douze coupes de diverses formes et nuances, à une anse prise dans la masse; elles seront vendues par deux.

244 — Agate orientale. — Coupe en forme de fleur, à bords festonnés et à une anse prise dans la masse.

245 — Agate orientale. — Trois petites coupes de forme ronde, dont deux unies et une gravée à feuillages.

246 — Agate orientale. — Deux petites coupes rondes, basses et festonnées.

247 — Agate orientale. — Quatre plateaux, dont deux ronds, un ovale et le dernier de forme contournée.

248 — Agate orientale de diverses nuances. — Quatre pièces: deux écritoires, une petite coupe ovale et un disque en forme de fleur.

249 — Agate orientale. — Petit personnage assis et cinq amulettes diverses.

250-253 — Agate orientale et autres. — Vingt-sept flacons-tabatières de diverses formes qui seront vendus par lots.

254 — Améthyste. — Poussah assis sur un rocher réservé dans une couche blanche.

255 — Agate violacée. — Groupe de deux fleurs accolées, avec ouverture à leur partie supérieure.

256 — Cornaline blanche et rouge. — Coupe en forme de fleur entourée de branchages et d'oiseaux.

257 — Cornaline blanche et rouge. — Coupe analogue à celle qui précède, mais plus grande.

258 — Agate de diverses nuances. — Coupe en forme de coquille entourée de branchages, de fleurs et de fruits.

259 — Cornaline rouge et blanche. — Coupe de forme contournée, entièrement couverte de dragons et de nuages sculptés en relief.

260 — Agate. — Deux pitongs en forme de troncs d'arbres, entourés de branchages, de fruits et d'oiseaux.

261 — Agate blanche et rouge. — Deux pièces : coupe de forme contournée, entourée de branchages et de fruits, et porte-allumette de même travail.

262-267 — Cornaline blanche et rouge et agate. — Seize pièces diverses qui seront vendues par lots.

268 — Agate. — Écritoire en forme d'animal fantastique, et petit vase de forme droite.

269 — Lapis-lazuli. — Divinité debout, tenant un vase.

270 — Corail. — Deux jolies coupes à une anse, avec branchages et fleurs sculptés en relief.

271 — Sardoine orientale. — Petit vase en forme de tronc d'arbre, entouré de branchages.

272 — Jade vert. — Deux tableaux et un écran de forme carré-long, représentant des paysages et des plantes gravés et dorés.

273 — Agate. — Jardinière de forme contournée, à quatre lobes, renfermant des branches de fleurs exécutées en matières diverses.

274 — Imitation de lapis-lazuli. — Deux écrans présentant sur chacune de leurs faces des paysages sculptés en relief avec personnages; monture en bois sculpté.

275 — Deux autres écrans analogues à ceux qui précèdent, mais plus petits.

276 — Malachite. — Petit écran de forme carré long, monté en bois sculpté.

277 — Malachite. — Deux blocs dont l'un présente des chimères sculptées en relief.

278 — Sulfure d'arsenic ou realgar. — Bloc en forme de rocher, et deux petites coupes en forme de feuilles.

279 — Ambre. — Deux pièces : disque avec chimère sculptée en relief, et petite coupe en forme de fleur.

280-281 — Ambre. — Six pièces diverses qui seront vendues par lots.

282 — Pierre schisteuse avec couche supérieure formée de sulfure de fer. — Deux écrans de forme carré-long en hauteur, et un de forme ronde, présentant des rochers et des plantes sculptés en relief.

283-285 — Pierre de lard. — Quatorze figurines finement sculptées, représentant des divinités de la mythologie chinoise.

286 — Pierre de lard. — Dix petits cachets carrés surmontés de tortues.

287-290 — Dix-huit pièces en matières diverses qui seront vendues par lots.

291 — Matières diverses. — Cinq flacons-tabatières, dont un en lapis.

292 — Pierre de lard. — Neuf tasses à anses et dix soucoupes.

293 — Matière tendre. — Un écran et un tableau de forme carré-long en hauteur; l'écran est monté en boiss culpté.

294 — Un très-fort lot de flacons en verre imitant l'agate; ce lot sera divisé.

295 — Marbre veiné blanc et vert. — Grand bassin en forme de feuille.

Porcelaines.

296 — Vase de forme droite, en porcelaine de Chine, à sujet familier émaillé en couleur.

297 — Vase analogue à celui qni précède, mais un peu plus petit.

298 — Deux écrans de forme ronde, en porcelaine de Chine; l'un d'eux représente un sujet fantastique émaillé en couleurs, et l'autre un paysage décoré en rouge de cuivre; ils sont montés en bois sculpté découpé à jour.

299 — Deux grands vases de forme hexagone en porcelaine de Chine, fond rouge flambé et à anses formées par un groupe de deux figurines en ronde-bosse.

300 — Deux vases en forme de balustre, à collerettes festonnées, en porcelaine de Chine fond noir; leurs anses, formées de têtes fantastiques, sont réservées en blanc.

301 — Vase en forme de balustre, en porcelaine de Chine jaspé gris.

302 — Quatre tableaux renfermant chacun trois plaques de forme carré-long, en ancienne porcelaine de Chine, décorées en émaux de la famille verte, et représentant des sujets de personnages, avec bordure à rosaces; montures en bois de fer et inscriptions.

303 — Deux vases en forme de balustre carré à angles coupés, en porcelaine de Chine, flambée rouge et violet.

304 — Vase en forme de balustre, en porcelaine de Chine jaspée violet.

305 — Vase de forme analogue, avec paysages et figures coloriés en bleu et rouge de cuivre sur fond blanc.

306 — Vase en forme de balustre, à goulot droit, en porcelaine de Chine émaillée vert d'eau, avec dragons et branchages en relief, sur la panse et le goulot.

307 — Deux vases modèle balustre, en porcelaine de Chine, fond rouge haricot.

308 — Vase en forme de balustre carré, à angles coupés, en porcelaine de Chine flambée rouge foncé.

309 — Vase de même forme que celui qui précède, en porcelaine de Chine flambée rouge sur fond gris.

310 — Grand cornet à panse renflée, en porcelaine de Chine fond jaune nankin, avec caractères et ornements en relief émaillés de couleurs variées.

311 — Vase en forme de balustre, en porcelaine de Chine fond brun imitant le laque aventurine; ses anses sont formées par des chimères accolées à sa gorge.

312 — Écran de forme carré-long en hauteur, en porcelaine de Chine, décoré de fleurs et d'oiseaux finement émaillés

en couleurs; monture en bois sculpté avec partie découpée à jour.

313 — Autre écran en porcelaine de Chine, avec décor de paysage et figures.

314 — Deux écrans de forme carré-long en hauteur représentant des sujets tirés de la mythologie chinoise, émaillés en couleurs; monture en bois sculpté découpé à jour.

315 — Deux petits écrans carrés représentant un personnage debout au milieu d'un paysage, le tout émaillé en couleurs.

316 — Écran représentant des jeux d'enfants finement émaillés en couleurs; monture en bois laqué rouge et or.

317 — Autre écran représentant une divinité chinoise, finement décorée en brun; monture en bois sculpté découpé à jour.

318 — Beau vase en forme de balustre à grosse panse et à anses têtes de dragons chimériques. Il est entièrement couvert d'un décor de fleurs et d'ornements en bleu sur blanc.

319 — Grande jatte en porcelaine de Chine émaillée bleu uni.

320 — Jatte analogue à celle qui précède, mais plus petite.

321-325 — Cinq paires de vases en porcelaine de Chine fond rouge haricot uni. Ils seront vendus par paires.

326 — Deux grands vases en porcelaine de Chine fond bleu d'empois avec fleurs et attributs réservés en blanc et gravés, et à anses formées par des oiseaux.

327 — Vase en porcelaine de Chine fond vert d'eau, avec zônes, décorées de figures et d'ornements en bleu et bandes craquelées.

328 — Vase en forme de balustre fond vert d'eau, avec dragons en relief sur la gorge et décoré de médaillons de personnages émaillés en couleurs.

329 — Deux pitongs décorés d'arbustes et d'oiseaux émaillés en couleurs.

330 — Gourde de forme lenticulaire à goulot droit et à deux anses, décorée de fleurs et de dragons chimériques, en bleu et rouge de cuivre.

331 — Deux écrans de forme carrée représentant des paysages avec figures.

332 — Deux vases en porcelaine craquelée gris jaunâtre; l'un d'eux est décoré de figures dans un paysage, et l'autre de chimères en bleu lapis.

333 — Écran de forme carré-long en hauteur, décoré de figures dans un paysage émaillés en couleurs, avec bordure d'ornement en bleu sur blanc et grande plaque de forme carré-long en hauteur, représentant un paysage avec figures.

334 — Deux vases fond jaune nankin, avec oiseaux et ornements en relief émaillés de couleurs variées.

335 — Deux écrans représentant des sujets de personnages émaillés en couleurs, avec montures en bois enrichies de plaques de porcelaine décorées de fleurs.

336 — Vase en forme de balustre à goulot droit, en porcelaine de Chine fond rouge haricot.

337 — Deux cornets décorés d'oiseaux et de fleurs émaillés en couleurs.

338 — Deux très-grands vases en porcelaine de Chine fond vert d'eau, avec anses formées de chimères et dragons en relief sur la panse. Ils sont enrichis de médaillons de personnages et d'ornements divers réservés en blanc.

339 — Vase en forme de balustre à goulot évasé et à deux anses en porcelaine de Chine, fond rouge haricot.

340 — Vase de même forme et de même qualité, mais sans anses.

341 — Vase de même forme en porcelaine de Chine, décoré de paysages avec figures en bleu sur blanc.

342 — Vase de forme analogue à deux anses, en porcelaine de Chine émaillée bleu d'empois uni.

343 — Vase de même forme, mais sans anses, émaillé vert clair.

344 — Deux petits vases en porcelaine de Chine fond blanc, à larges craquelures. L'un d'eux est de forme droite et l'autre forme balustre.

345 — Vase en forme de balustre hexagone à deux anses. décoré d'un sujet familier, émaillé en couleurs.

346 — Deux grands vases à collerettes, avec anses et dragons en relief, fond bleu d'empois, avec médaillons de personnages et fleurs en relief, réservés en blanc.

347 — Vase en porcelaine de Chine flambée rouge violacé.

348 — Deux écrans de forme carré-long en hauteur, décorés d'oiseaux et de fleurs émaillés en couleurs: montures en bois découpé à jour.

349 — Écran de forme carré-long, décoré d'un paysage avec figures, émaillés en couleurs; monture en bois sculpté et découpé à jour.

350 — Petit écran de forme carré-long en hauteur, décoré d'un paysage avec figures; monture en bois découpé à jour.

351 — Grand pitong en porcelaine de Chine décoré d'arbuste et d'animaux émaillés en couleurs.

352 — Petit vase en forme de bouteille à goulot évasé, décoré d'un sujet familier, jeux d'enfants dans un paysage.

353 — Vase forme balustre en porcelaine de Chine fond rouge jaspé violet.

354 — Deux petits vase en forme de bouteille en porcelaine de Chine, émaillée rouge haricot.

355 — Vase de forme droite à goulot rétréci, en porcelaine de Chine, décoré d'un paysage émaillé en couleur.

356 — Vase en forme de balustre, en porcelaine de Chine émaillée bleu turquoise.

357 — Vase en forme de bouteille en porcelaine de Chine, flambée rouge violacé.

358 — Deux cornets à panse renflée et enrichis d'ornements en relief, en porcelaine de Chine émaillée bleu d'empois uni.

359 — Boîte de forme ronde à couvercle très-élevé découpé à jour, en porcelaine de Chine fond rouge brique et décor d'or.

360 — Vase à panse sphérique, garni de cinq goulots droits et surélevés, en porcelaine de Chine émaillée bleu uni.

361 — Vase de forme analogue, à trois goulots droits et émaillé brun, imitant le laque aventuriné.

362 — Boîte de forme ovale en porcelaine de Chine à ornements gaufrés sous émail et émaillée bleu uni. Le couvercle est orné de quatre papillons lui tenant lieu de pieds.

363 — Deux très-petits tabourets de jardin, en porcelaine de Chine fond rouge haricot.

364 — Vase de forme ovoïde en porcelaine de Chine craquelée gris.

365 — Vase forme balustre en porcelaine de Chine émaillée bleu uni.

366 — Petit vase forme bouteille en porcelaine de Chine, avec dragon en relief sur la panse et émaillé vert clair.

367 — Vase en forme de bouteille à goulot droit, en porcelaine de Chine fond rouge haricot.

368 — Deux vases de forme carrée en porcelaine de Chine flambée rouge violacé.

369 — Vase en forme de bouteille en porcelaine de Chine flambée rouge violacé.

370 — Vase en forme de balustre à zônes en relief et émaillé jaune marbré.

371 — Vase en forme de balustre décoré de figures de femmes dans un paysage, le tout émaillé en couleurs.

372 — Vase de forme ovoïde en porcelaine de Chine craquelée gris bleu.

373 — Vase en forme de balustre renversé décoré de figures dans un paysage, émaillés de couleurs variées.

374 — Vase de même forme décoré de fleurs émaillées en couleurs.

375 — Deux vases en forme de balustre carré, en porcelaine de Chine émaillée rouge haricot uni.

376 — Vase en porcelaine de Chine, émaillé bleu uni.

377 — Deux cornets à larges bases, en porcelaine de Chine émaillée brun jaune.

378 — Gourde à goulot surélevé et à deux anses formées d'oiseaux en porcelaine de Chine jaspée rouge haricot. Le couvercle est surmonté d'une chimère.

379 — Vase en forme de balustre à grosse panse, en porcelaine de Chine émaillée brun foncé et pailleté à l'imitation de laque.

380 — Vase de forme ovoïde à bande saillante et à anses, tête chimériques, en porcelaine de Chine fond rouge haricot.

381 — Vase forme balustre décoré de plantes émailléees en couleurs.

382 — Vase de forme analogue en porcelaine de Chine fond vert d'eau, décoré de fleurs en relief émaillées bleu.

383 — Deux vases de forme analogue, décorés de paysages avec kiosques émaillés en couleurs.

384 — Deux vases de forme carrée, en porcelaine de Chine, décorés de figures et d'un grand nombre d'inscriptions en bleu sur blanc.

385 — Deux vases en porcelaine craquelée gris. Ils ne sont pas tout à fait de même forme.

386 — Deux cornets à panse renflée en porcelaine de Chine, fond jaune nankin et feuillages et ornements émaillés en couleurs.

387 — Deux cornets à panse renflée. L'un d'eux est décoré de fleurs émaillées en couleurs, et l'autre est décoré de figures et de fleurs.

388 — Vase en forme de baril, en porcelaine de Chine, fond rouge haricot.

389 — Deux vases de forme droite à goulot évasé, en porcelaine de Chine, décorés de figures et d'attributs divers émaillés en couleurs.

390 — Vase de forme cylindrique décoré d'un dragon se jouant dans les flots et émaillé de couleurs variées.

391 — Vase en forme de balustre, dont la gorge est garnie de quatre anses découpées à jour. Il est émaillé vert d'eau et enrichi d'ornements gaufrés sous émail.

392 — Deux vases en porcelaine de Chine craquelée gris et à anses à dragons.

393 — Vase de forme carrée, en porcelaine de Chine émaillée bleu uni.

394 — Deux vases en forme de bouteille; l'un d'eux est émaillé rouge marbré et l'autre noir.

395 — Vase en porcelaine de Chine craquelée gris et décorée d'un paysage émaillé bleu.

396 — Deux petits vases modèle balustre en porcelaine de Chine, fond rouge haricot. 160

397 — Vase en forme de cornet carré à arêtes en relief, en porcelaine de Chine craquelée gris.

398 — Jardinière de forme ronde et surbaissée en porcelaine de Chine, dont le pourtour est décoré d'un paysage avec figures, le tout émaillé en couleurs sur fond blanc.

399 — Deux vases : l'un d'eux en porcelaine de Chine fond vert uni, et l'autre gaufré sous émail et émaillé vert craquelé.

400 — Deux vases : l'un d'eux avec fleurettes décorées bleu sur fond blanc, et l'autre émaillé bleu lapis.

401 — Deux vases forme bouteille; l'un d'eux est décoré jaune brun et l'autre gris foncé.

402 — Vase de forme droite, imitant des morceaux de bambou liés ensemble et émaillés de couleurs variées.

403 — Trois vases de formes diverses en porcelaine de Chine fond rouge haricot.

404 — Deux vases de forme sphérique dont l'un à couvercle, en porcelaine de Chine émaillée bleu uni.

405 — Deux vases forme balustre en porcelaine de Chine décorée fond vert à l'imitation du bronze.

406 — Petit vase en forme de bouteille en céladon bleu turquoise.

407 — Jardinière de forme carrée évasée à deux anses, à ornements gaufrés et à médaillons décorés de chimères.

408 — Vase de forme carrée dont les quatre faces sont décorées de paysages avec figures.

409 — Vase en forme de balustre surmonté d'un cornet, en porcelaine de Chine, décoré de figures dans des paysages émaillés en couleurs

410 — Vase en forme de balustre à deux anses en céladon bleu turquoise, à ornements gaufrés sous émail.

411 — Vase en porcelaine de Chine jaspée brun foncé.

412 — Vase en forme de balustre renversé et à goulot très-étroit en porcelaine de Chine, décoré de fleurs, d'oiseaux et d'ornements émaillés en couleurs.

413 — Vase forme balustre en porcelaine craquelée gris et a à anses à dragons.

414 — Deux vases forme balustre à grosse panse, en porcelaine de Chine fond rouge haricot.

415 — Vase en forme de balustre en porcelaine de Chine fond

vert imitant le bronze et à deux anses têtes chimériques et anneaux mobiles émaillés brun.

416 — Vase en forme de bouteille à goulot à collerette en porcelaine de Chine, décorée de rosaces et d'ornements émaillés de couleurs variées.

417 — Deux vases en forme de balustre à six pans et à deux anses découpées à jour, en porcelaine de Chine émaillée bleu uni. Ils ont conservé des traces d'un décor d'or.

418 — Deux vases en porcelaine de Chine flambée violet.

419 — Chimère assise, en céladon bleu turquoise.

420 — Autre chimère assise, en porcelaine de Chine fond rouge haricot et yeux noirs.

421 — Grosse chimère assise, en terre brune, posant une patte sur une chimère plus petite. Cette pièce forme brûle-parfums.

422 — Chimère assise, en porcelaine de Chine émaillée brun clair.

423 — Trois petits écrans, dont deux de forme carrée et l'autre rond ; ils sont décorés de personnages et d'attributs divers.

424 — Deux pièces : vase en porcelaine haricot rouge et petite jardinière en porcelaine jaspée rouge.

425-430 — Dix-neuf bols en porcelaine de Chine de diverses formes et de décors variés. Ils seront vendus par lots.

431-434 — Dix plats et plateaux en porcelaine de Chine de décors variés, qui seront vendus par lots.

435 — Deux pièces : plat rond en porcelaine de Chine émaillé bleu uni, et bassin en céladon vert d'eau à fleurs et ornements gaufrés sous émail.

436 — Deux cornets : l'un d'eux est décoré de fleurs émaillées en couleurs sur fond bleu, et l'autre offre des grues sacrées voltigeant décorées en couleur sur fond blanc.

437 — Deux vases de forme ovoïde à couvercle, en porcelaine de Chine, décorés de fleurs et d'ornements émaillés en couleurs sur fond vert.

438 — Deux cornets décorés de même.

439 — Deux très-petits tabourets de jardin en porcelaine de Chine décorés de fleurs et de figures émaillées en couleurs.

440 — Deux animaux fantastiques assis, émaillés jaune nankin, bleu et vert.

441 — Deux autres animaux fantastiques, émaillés vert à l'imitation du bronze.

442 — Deux chimères en céladon vert d'eau uni ; l'une d'elles repose sur une terrasse en porcelaine.

443 — Deux chimères dont l'une est jaspée violet et l'autre émaillée vert imitant la malachite.

444 — Deux pitongs en porcelaine de Chine, décorés d'arbustes, de fleurs et d'oiseaux émaillés en couleur.

445 — Quatre pitongs analogues à ceux qui précèdent, mais plus petits.

446 — Très-joli petit vase forme balustre, dont la panse offre des rosaces découpées, dont les à jour sont couverts par une couche d'émail transparent; la base du vase et sa gorge sont décorées d'ornements émaillés bleu.

447 — Quatre petits vases modèle balustre décorés de figures et de chimères en bleu sur fond vert d'eau.

448 — Deux vases de forme cylindrique décorés de figures émaillés en couleurs.

449 — Théière en forme de courge dont l'anse et le goulot sont formés par des branchages. Elle est en céladon vert d'eau avec ornements gaufrés sous émail.

450 — Deux boîtes de forme cylindrique à quatre compartiments, en porcelaine de Chine, fond jaune gravé et à bandes d'ornements émaillés vert.

451 — Joli petit vase formé de deux balustres accolés dont la panse représente des jeux d'enfants finement émaillés en couleurs. La base et la gorge du vase sont décorées d'ornements en couleur sur fond rouge gravé.

452 — Vase en forme de balustre aplati et à deux anses, décoré de médaillons de personnages sur fond vermicellé or. Le couvercle est surmonté d'une Chinoise.

453 — Trois vases, dont deux en forme de bouteille à dragons en relief, et l'autre en forme de balustre aplati. Ils sont décorés tous les trois de figures et de fleurs émaillées en couleurs.

454 — Trois autres vases, dont deux modèle balustre et l'autre de forme droite; ils sont décorés de figures émaillées en couleurs.

455 — Trois vases, dont deux décorés de figures et animaux en bleu et rouge de cuivre, et l'autre d'attributs et d'ornements divers en rouge de fer.

456 — Trois pièces : petit vase modèle balustre en porcelaine rouge haricot et deux flambeaux supportés par des éléphants.

457 — Trois vases, dont deux en forme de barils en céladon vert d'eau, et l'autre en porcelaine craquelée avec anses et palmettes émaillées brun.

458 — Trois pièces : vase forme balustre décoré d'ornements émaillés en couleurs, et deux flambeaux modèle éléphant.

459 — Trois flambeaux modèle éléphant.

460 — Deux groupes formés de deux figures debout dont les vêtements sont émaillés en couleurs.

461 — Trois pièces : groupe de deux figures debout et deux statuettes décorées d'émaux de couleurs variées.

462 — Trois petits vases modèle balustre, variés de décors.

463 — Trois vases de diverses formes et variés de décors.

464 — Trois vases de formes et de décors divers.

465 — Trois pièces, dont deux coupes et un petit vase.

466 — Deux figures assises et un petit vase en grès émaillé.

467 — Figure de femme japonaise debout tenant un vase.

468 — Divinité debout et dragon en ronde-bosse en ancien blanc.

469 — Trois figures diverses en porcelaine émaillée.

470 — Deux flambeaux et six chimères diverses.

471 — Poussah assis, en porcelaine de Chine, émaillé en couleurs, et placé dans une niche en bois de fer finement sculpté à ornements.

472 — Jardinière de forme hexagone, décorée d'ornements émaillés en couleurs.

473 — Huit petites plaques de forme carré-long en hauteur, représentant des figures dans des paysages et des sujets d'intérieurs, finement émaillés en couleurs.

474 — Six plaques creuses et à doubles faces, dont cinq de forme carrée et une ronde. Elles sont toutes décorées de figures et de paysages émaillés en couleurs.

475 — Quatre plaques de forme ronde provenant d'écrans et variées de décors.

476 — Plateau présentoir se décomposant en cinq parties, en porcelaine de Chine, fond bleu et fleurs émaillées en couleurs.

477 — Cinq plateaux de diverses formes et représentant divers sujets émaillés en couleurs, sur fond laqué noir.

478 — Sept plaques, dont une de forme ronde et décorées de personnages, émaillés en couleurs. Elles sont montées dans trois panneaux de forme carré-long en bois laqué rouge.

479 — Petit paravent à douze feuilles garni de quantité de plaques de porcelaine à décors de paysages et attributs en bleu sur blanc; monture en bois laqué avec dessins gravés.

480-481 — Deux petits paravents à huit feuilles, garnies de plaques de porcelaine représentant des paysages et des figures émaillés en couleurs, ainsi que des ornements décorés en bleu sur blanc.

482 — Trois théieres de diverses formes et décorées de figures émaillées.

483 — Quatre tasses, six soucoupes et un bol en porcelaine

anglaise et à décors de fleurs et attributs émaillés en couleurs.

484 — Dix petits bols et deux soucoupes variés de formes et de décors.

485 — Douze tasses présentoirs, avec soucoupes et couvercles en porcelaine mince, avec décors de fleurs et d'oiseaux en bleu sur blanc; deux couvercles manquent.

486 — Douze tasses à couvercles, décorées de plantes émaillées en couleurs.

487 — Douze tasses à couvercles décorées de dragons émaillés vert sur blanc.

488 — Trente-huit tasses à couvercles décorées de bambous et qui seront vendues par lots.

Bronzes.

489 — Deux vases en forme de cornet, à panse sphéroïdale, enrichis d'incrustations en argent, et à anses formées par des papillons.

490 — Vase analogue à ceux qui précédent ; ses anses sont formées par des oiseaux en ronde-bosse.

491 — Deux vases en forme de balustre à six pans, à anses découpées à jour et à couvercles surmontés d'oiseaux ; ils

sont enrichis dans toutes leurs parties d'incrustations en argent.

492 — Deux vases en forme de balustre carrés, à anses têtes d'éléphants et à couvercles surmontés d'oiseaux; ils sont enrichis d'inscrustations en argent.

493 — Deux grands vases forme balustre, couverts dans toutes leurs parties de figures et de fleurs exécutées en relief; patine rouge.

494 — Brûle-parfums de forme ronde reposant sur trois pieds têtes d'éléphants, et avec socle et couvercle en bronze; cette pièce est enrichie de dragons, de fleurs et d'ornements en relief.

495 — Vase, dont la panse de forme sphérique, offre des fleurs en relief; ses anses sont formées par des papillons.

496 — Brûle-parfums de forme ronde, à deux anses surélevées et à trois pieds bas; il est enrichi d'incrustations en argent représentant des dragons et des ornements divers.

497 — Jardinière à quatre lobes à anses formées par des branchages et des chauves-souris; elle est enrichie d'incrustations en argent représentant des fleurs et des ornements variés.

498 — Jardinière analogue à celle qui précède, mais plus petite.

499 — Autre jardinière analogne.

500 — Deux grands flambeaux à trépieds, en bronze, enrichis d'inscrustation en argent.

501 — Brûle-parfums de forme carrée, reposant sur quatre pieds droits et décoré dans toutes ses parties de fleurs et d'oiseaux inscrustés d'argent; son couvercle, en bois de fer, est surmonté d'une figure en bronze.

502 — Grand vase en forme de cornet carré, enrichi de branches de bambous en relief; patine jaunâtre imitant des paillettes d'or.

503 — Brûle-parfums en forme de pêche de longévité, dont les branchages lui tiennent lieu d'anse et de pieds; patine brune avec taches d'or.

504-507 — Quatre jardinières de forme ronde et basse en bronze incrusté de filets d'argent et à anses formées de branches de fruits et de chauves-souris; elles seront vendues séparément.

508 — Vase à couvercle en forme de balustre ovale et à anse mouvante surélevée; il est enrichi d'inscrustations en argent.

509 — Boîte de forme sphérique garnie d'anneaux lui tenant lieu d'anses et de pieds, et enrichie d'incrustations en argent.

510 — Brûle-parfums de forme sphérique, reposant sur trois pieds droits, avec incrustations de filets d'argent et enrichi

de parties champlevées et dorées; socle et couvercle en bois de fer.

511 — Vase de forme carrée à deux anses à anneaux mobiles, et dont les quatre faces présentent des incrustations en argent.

512 — Vase de forme carrée dont les angles sont garnis d'arêtes découpées à jour et dont les anses sont formées par des têtes d'éléphant, avec anneaux mobiles; le couvercle est surmonté d'un oiseau, et toutes les parties de cette pièce sont enrichies d'incrustations en argent.

513 — Vase en forme de cornet à panse renflée et à anses formées par des têtes d'éléphant.

514 — Brûle-parfums de forme sphérique à col droit; il repose sur trois pieds à têtes chimériques; ses anses sont formées par des dragons, et son couvercle est surmonté d'une figure de Confucius assis sur un cerf.

515 — Brûle-parfums de forme carré-long, reposant sur des pieds droits et à arêtes en relief, enrichi d'incrustations en argent; socle et couvercle en bois de fer sculpté.

516 — Vase à panse sphérique et à long goulot droit, garni de tubes lui tenant lieu d'anses.

517 — Trois pièces : Vase forme balustre incrusté d'argent, et deux figures de femme, debout, reposant sur des rochers.

518 — Grand vase forme balustre et à goulot très-évasé. Il est garni de deux anses à têtes d'animaux chimériques, d'oiseaux en ronde-bosse et enrichi d'incrustations en argent.

519 — Brûle-parfums de forme carré-long, reposant sur quatre pieds bas et à anses en forme d'*s*; socle et couvercle en bois sculpté.

520 — Vase en forme de balustre surbaissé, en bronze muni d'une patine jaune, incrusté de filets d'argent.

521 — Deux grands brûle-parfums de forme carrée avec galeries surélevées, découpées à jour et couvercles dômés. Ils sont enrichis d'ornements et de fleurs en relief et incrustés de filets d'argent.

522 — Deux brûle-parfums, à plateaux de forme hexagone et à couvercles, et galeries de forme ronde avec fleurs en relief découpées à jour.

523 — Grand brûle-parfums de forme ronde, surmonté d'une triple galerie à fleurs et ornements découpés à jour.

524 — Brûle-parfums en forme de chimère, surmonté d'une figure et garni de deux récipients de forme cylindrique.

525 — Autre brûle-parfums en forme de chimère assise, enrichi d'incrustations en argent.

526 — Autre brûle-parfums formé par une grande chimère assise.

527 — Brûle-parfums de forme carrée et à couvercle, enrichi de dragons se jouant dans les flots.

528 — Théière en forme de balustre à couvercle, enrichie d'incrustations en argent, et à anse et goulot, formés par des animaux chimériques.

529 — Brûle-parfums de forme carré-long, reposant sur quatre pieds découpés à jour et à anses surélevées. Son couvercle, en bois sculpté, est découpé à jour.

530-531 — Deux jardinières pareilles à celles portées sous les numéros 504 et 507, mais plus petites. Elles seront vendues séparément.

532 — Jardinière de forme carré-long, dont le pourtour offre des bas-reliefs avec figures dorées.

533 — Autre jardinière de forme carrée sur piédouche, enrichie d'ornements en relief et à anses têtes d'animaux chimériques.

534 — Brûle-parfums en forme d'oiseau de proie monté sur rocher.

535 — Groupe de deux grues posées sur rocher en bronze doré.

536 — Brûle-parfums en forme d'animal chimérique, surmonté d'une figure d'homme dansant. Cette pièce est enrichie d'incrustations en argent.

537 — Deux aiguières ornées de médaillons de fleurs en relief, en bronze du Tonkin tout doré.

538 — Cornet à panse renflée et reposant sur trois têtes d'éléphant. Bronze muni d'une patine noire avec parties dorées.

539 — Groupe d'un personnage debout et d'un poisson fantastique se jouant dans les flots.

540 — Figure d'homme à tête fantastique, placée sur un socle de forme carrée, à angles rentrants.

541 — Petite jardinière en bronze du Tonkin avec dragons et ornements en relief dorés et à deux anses découpées à jour.

542 — Autre petite jardinière avec dragons et animaux fantastiques dorés.

543 — Vase en forme de balustre légèrement aplati et enrichi d'incrustations en argent.

544 — Petit écran de forme carrée, incrusté de filets d'argent et petit miroir métallique sur pied en bois sculpté.

545 — Deux boîtes : l'une de forme ronde, l'autre de forme lenticulaire, enrichies d'incrustations en argent.

546 — Deux brûle-parfums : l'un en bronze muni d'une patine jaune, et l'autre avec oiseau gravé.

547 — Petit vase en forme de gourde à six pans incrustée de caractères et d'ornements dorés.

548 — Trois pièces : Cornet avec animaux en relief et deux flambeaux supportés par des cerfs.

549 — Brûle-parfums de forme ronde, reposant sur trois pieds bas, en bronze, muni d'une belle patine rouge pailletée d'or.

550 — Petit vase en forme de balustre et de même qualité que le brûle-parfums qui précède.

551 — Vase à jeu hydraulique en forme de fleur, dont les branchages lui tiennent lieu d'anses et de pieds.

552 — Petite jardinière en bronze du Tonkin, avec fleurs en relief dorées et grecque incrustée d'argent.

553 — Jardinière analogue à celle qui précède.

554 — Boîte de forme lenticulaire et deux petits vases de forme cylindrique à fleurs et animaux en relief et dorés.

555 — Deux boîtes de forme lenticulaire à fleurs et oiseaux en relief dorés.

556 — Deux brûle-parfums en forme d'animaux chimériques. L'un d'eux est incrusté d'argent.

557 — Cassolette de forme ronde sur trois pieds droits, in-

crustée de filets d'argent. Pied et couvercle en bois sculpté.

558 — Cassolette analogue à celle qui précède, mais plus petite.

559 — Autre cassolette de même forme et encore plus petite.

560 — Cassolette de forme sphérique à ornements en relief et reposant sur trois pieds droits.

561 — Vase en forme de tronc de bambou.

562 — Très-grand vase en forme de balustre à ornements en relief et à anses mobiles.

563 — Brûle-parfums de forme ronde, reposant sur trois pieds découpés et à anses en relief.

564 — Brûle-parfums de forme sphérique sur trois pieds et à deux anses, enrichi d'ornements en relief.

565 — Deux vases de forme carrée, avec des branches de fruits et ornements en relief.

566 — Figure du Génie du mal, monté sur un dragon se jouant dans les flots.

567 — Deux pièces : Poussah assis et petite vasque flanquée de deux personnages debout.

568 — Deux pièces : Vase à couvercle avec dragons et orne-

ments en relief, et vase de forme aplatie, incrusté d'argent.

569 — Deux pièces en bronze du Tonkin avec parties dorées : petite boîte de forme carré-long, et petit vase en forme de losange.

570 — Trois pièces : théière en bronze argenté en partie et deux petites cassolettes de forme basse.

571 — Trois pièces : trois petits brûle-parfums de forme basse, incrustés de filets d'argent.

572 — Deux pièces : petit vase forme balustre incrusté d'argent et brûle-parfums en forme de pêche de longévité.

573 — Trois pièces : cassolette de forme ronde avec décors en relief, et deux petits vases à goulots droits incrustés d'argent.

574 — Trois pièces : petite cassolette reposant sur trois pieds et deux petits vases, dont un incrusté de filets d'argent.

575 — Trois pièces : petite cassolette et deux petits vases de forme cylindrique, incrustés de filets d'argent.

576 — Sceptre en fer incrusté d'un grand nombre de caractères en argent.

577 — Quatre pièces diverses et un lot de monnaies de bronze.

578 — Perchoir de suspension en bronze, garni de deux godets.

Laques.

579 — Grand fauteuil à bras en laque rouge de Pékin, entièrement couvert de dragons et d'ornements en relief.

580 — Deux vases en forme de gourde en laque rouge de Pékin, avec médaillons portant des caractères.

581 — Support de forme carrée en laque rouge de Pékin, à paysages, fleurs et ornements sculptés en relief.

582 — Petit cabinet en laque rouge de Pékin, avec étagère à jour.

583 — Petit meuble à tiroirs en forme de char à quatre roues en laque rouge de Pékin, à paysages et ornements sculptés en relief.

584 — Petit meuble semblable à celui qui précède.

585 — Petite garniture de trois pièces composée d'un brûle-parfums de forme carrée, d'une boîte à pastilles et d'un petit vase garni de ses ustensiles en bronze doré. Le tout en laque rouge de Pékin avec ornements en relief.

586 — Garniture pareille à celle qui précède.

587 — Petit meuble-étagère surmonté de boîtes en forme de rouleaux, le tout en laque rouge de Pékin, avec paysages et ornements en relief.

588 — Grand vase, modèle balustre à quatre lobes, en laque rouge de Pékin, à médaillons de paysages avec figures et ornements sculptés en relief.

589 — Boîte de forme sphérique contournée en laque rouge de Pékin, entièrement couverte de paysages avec figures et ornements sculptés en relief.

590 — Boîte analogue à celle qui précède, mais plus petite.

591 — Deux petits meubles de forme carrée à quatre tiroirs en laque rouge de Pékin, avec ornements et attributs divers sculptés en relief.

592 — Boîte de forme ronde festonnée à quatre compartiments en laque rouge de Pékin; le couvercle offre un paysage avec figures et le pourtour des médaillons de fleurs sculptés en relief.

593 — Trois boîtes en laque rouge de Pékin avec paysages et fruits sculptés en relief.

594 — Trois boîtes de forme lenticulaire en laque rouge de Pékin; l'une d'elles présente un paysage avec personnages sculptés en relief.

595 — Trois petites boites en laque rouge de Pékin, dont deux de forme lenticulaire et l'autre en forme de cœur.

596 — Trois pièces en laque de Pékin : petit vase de forme surbaissée; autre vase de forme cylindrique, et boîte de forme contournée.

597 — Théière et son support en laque rouge de Pékin et boîte en forme de fruit.

598-601 — Quatre plateaux de forme ronde supportant quatre boîtes en forme de fruits, le tout en laque rouge de Pékin avec rehauts de feuillages verts; socles en bois peint imitant l'émail cloisonné et supports en bois sculpté. Ils seront vendus séparément.

602 — Trois pièces en laque rouge de Pékin provenant de pagodes.

603 — Trois pièces : divinité debout laquée et deux pièces en laque rouge, provenant d'une garniture de pagode. 48 Cerf

604 — Quatre vide-poches modèle bateau en laque rouge de Pékin.

605 — Modèle de jonque formant cabinet en laque rouge de Pékin sculpté, avec garniture en bronze doré et jade, et socle support en bois sculpté. 305

606 — Boite-toilette en laque fond or décorée d branches de fleurs et d'oiseaux. 101

607 — Toilette pareille à celle qui précède. 105

608 — Petit bureau en laque noir et or garni de ses divers ustensiles.

609 — Petit bureau analogue à celui qui précède en laque aventuriné.

180 610 — Grande boîte de forme carré-long avec plateau à l'intérieur en laque noir avec paysages et figures burgautés.

180 611 — Boîte analogue à celle qui précède.

612 — Deux boîtes en laque noir enrichies d'une marqueterie de cuivre représentant des personnages, des fleurs et des animaux.

613 — Boîte de forme carrée à angles arrondis en bois sculpté laqué rouge et contenant quatorze plateaux creux de diverses formes.

614 — Quatre bols présentoirs à couvercles en laque noir et décorés de fleurs en or.

615 — Dix bols présentoirs à couvercles et plateaux en laque noir et arbustes en or.

616 — Dix bols présentoirs à couvercles en laque noir et or.

617 — Dix bols en laque noir burganté représentant divers ustensiles et des ornements, et doublés en argent.

618 — Huit tasses avec plateaux en laque burgauté à rosaces de la plus grande finesse.

619 — Quatorze plateaux et dix tasses en laque burgauté à paysages.

620 — Huit petits plateaux carrés à angles rentrants en laque noir burgauté à paysages et figures.

621 — Deux boîtes de forme carré-long en tôle laquée à paysages et oiseaux.

622 — Deux boîtes de même forme en tôie laquée noir avec appliques en bronze doré et argenté.

623 — Deux boîtes analogues à celles qui précèdent, mais de forme carré-long à angles coupés.

624 — Grande boîte à neuf compartiments en laque noir de Pékin, à ornements sculptés en relief.

625 — Boîte de forme carré-long en laque noir incrusté de nacre de perles à chimères et rosaces

Sculptures

626 — Ivoire. — Divinité debout tenant la pêche de longévité. 38

627 — Ivoire. — Deux écrans de forme carré-long en hauteur, offrant une figure d'homme sculptée en relief. 78

628 — Ivoire. — Deux écrans de même forme présentan une figure de femme dans un paysage.

629 — Ivoire. — Deux pitongs dont l'un offre au pourtour des arbustes et des oiseaux sculptés en relief, et l'autre un paysage avec figures et cours d'eau gravé en creux.

630 — Ivoire. — Cylindre à brûler les parfums et flacon de forme cylindrique.

631 — Ivoire. — Deux presse-papier offrant à l'intérieur des paysages avec kiosques sculptés en relief, et à l'extérieur des jeux d'enfants.

632 — Ivoire. — Quatre plateaux en forme de feuille avec branchages, fruits et papillons sculptés en relief, découpés à jour et peints en couleurs.

633 — Ivoire. — Douze petits groupes et figurines représentant divers sujets de travail chinois.

634 — Bois. — Deux groupes dont l'un à deux personnages finement sculptés en ronde-bosse.

635 — Bois. — Huit figurines debout représentant divers personnages sur terrasses en bois noir.

636 — Bambou. — Personnage assis ayant une grenouille sur la main gauche.

637 — Bambou. — Deux groupes de Confucius entouré d'enfants.

638 — Bois. — Deux groupes de deux figures de femmes debout.

639 — Bois. — Trois figurines d'hommes, dont deux debout et l'autre assis.

640 — Bois. — Trois groupes, personnages divers.

641 — Bois. — Six pièces, figurines, vases, fruits, etc.

642 — Bois. — Dix pitongs en bois sculpté, représentant des sujets divers, seront vendus par lots.

643 — Bois. — Six coupes en forme de troncs d'arbres et rochers, dont le pourtour offre des figures et des arbustes sculptés en relief.

644 — Bois. — Dix-sept cylindres à brûler les parfums, dont le pourtour offre des paysages avec figures découpés à jour. Ce lot sera divisé.

645-646 — Corne. — Quatre coupes de diverses formes. Elles seront vendues par deux.

647 — Deux pitongs en bois de fer, enrichis d'incrustations en diverses matières, et représentant des personnages dans des paysages. 71

648 — Deux pitongs analogues à ceux qui précèdent, mais plus petits. 82 Wetterhan

649 — Trois autres pitongs, dont un en forme de tronc d'arbre. 41 Wetterhan

650 — Modèle de jonque en bois sculpté, enrichie d'incrustations de jade et d'appliques en émail cloisonné.

651 — Six coquilles gravées, genre nautile.

652 — Personnage debout, exécuté en ivoire et en bois sculpté, et placé sur un socle en bois et ivoire teint, avec terrasse garnie de plantes et d'animaux exécutés en matières diverses.

653 — Groupe pareil à celui qui précède.

654 — Petit écran de forme carré-long, offrant en bas-relief des plantes et des fruits exécutés en matières diverses; monture en bois découpé à jour.

655 — Boîte de forme carré-long en bois de fer, dont le couvercle présente en bas-relief des oiseaux et des fleurs exécutés en matières diverses.

656 — Boîte analogue à celle qui précède, mais plus petite.

657 — Boîte en bois laqué, offrant sur toutes ses faces des bas-reliefs exécutés en matières diverses, et représentant des personnages, des animaux et des fleurs.

658 — Quatre pièces: petite boîte de forme carrée à angles coupés, en bambou finement sculpté; deux boîtes de forme contournée et petit panier à anse mobile.

659 — Pitong de forme carrée, dont chaque face offre en bas-

relief des figures et des plantes exécutées en matières diverses.

660 — Bois. — Boîte de forme arrondie à huit pans, présentant sur chacune de ses faces des bas-reliefs très-finement sculptés et découpés à jour.

661 — Petit cabinet à deux portes et tiroirs en laque noire, enrichi de mosaïques en relief représentant des jeux d'enfants et exécutées en matières diverses.

662 — Meuble analogue à celui qui précède, mais un peu plus grand.

663 — Petit meuble à tiroirs et à compartiments en bois de fer incrusté de jade et autres matières, représentant des fleurs et des attributs divers.

664 — Deux pièces : petite pagode exécutée en bois de fer et jade, et pitong en forme de tronc d'arbre avec arbustes sculptés en relief.

665 — Petite boîte de forme carrée, à angles coupés, en bois de fer sculpté, avec branche de fleurs en relief exécutée en jade.

666 — Deux écrans de forme carrée, en bois sculpté et découpé à jour ; ils offrent sur leurs faces des paysages avec personnages exécutés en bois, jade et autres matières, appliqués sur fond bleu ; dans l'épaisseur de chacun d'eux se trouvent des cases destinées à contenir des poissons.

667 — Sept petits plateaux carrés à angles rentrants, en bois de fer, avec mosaïques en relief représentant des fleurs et des oiseaux exécutés en matières diverses.

668 — Bois. — Grande figure d'homme debout, posée sur rocher et finement exécutée.

669 — Vase en forme de tronc d'arbre, avec branchage découpé à jour.

670 — Groupe représentant un rocher en bois sculpté, sur lequel se trouvent quantité de personnages exécutés en bois peint.

671 — Grande figure de personnage fantastique exécutée en racine de bois.

672 — Grand tableau représentant des branches de pêcher et des arbustes divers exécutés en bois, nacre et autres matières appliquées sur fond bleu; cadre en bois de fer incrusté de filets d'argent avec attaches en bronze.

673 — Seize panneaux offrant des caractères et des branches de fleurs en bois sculpté appliqué sur un fond de bois très-finement découpé à jour.

674 — Groupe de deux oiseaux exécuté en racine de bois.

675 — Deux tableaux placés dans de riches bordures en bois de fer sculpté et représentant des arbustes et des oiseaux exécutés en plumes.

676 — Huit panneaux de forme carré-long en hauteur, représentant des paysages avec figures et animaux très-finement sculptés et découpés à jour.

677 — Quatre panneaux analogues à ceux qui précèdent, mais sans figures.

678 — Trois tableaux de forme carré-long en hauteur, offrant des caractères exécutés en bronze doré, appliqués sur fond bleu et placés dans des bordures en bois de fer et ivoire peint en vert.

679 — Deux tableaux de forme carré-long en hauteur, représentant des arbustes et des oiseaux exécutés en matières diverses et appliqués sur fond jaune; ils sont placés dans des bordures en bois laqué, incrusté de nacre de perles.

680 — Très-grand tableau de forme carré long, offrant en relief un paysage avec figures exécuté en bois, nacre, etc.; cette pièce contient un réservoir à poissons et a une bordure en bois de fer incrustée d'ornements en nacre de perle et ivoire teint.

681 — Tableau représentant un paysage avec kiosque et figures exécuté en plumes et placé dans une bordure en bois de fer sculpté, découpé à jour.

682 — Grand tableau de forme carré-long, offrant six appliques de diverses formes, avec mosaïques en relief exécutées en matières diverses.

683 — Deux tableaux représentant des paysages avec quan-

tité de personnages exécutés en matières diverses et placés dans des bordures enrichies d'appliques en ivoire teint et découpé à jour.

684 — Deux tableaux de forme carré-long en hauteur, représentant des paysages avec figures exécutés en corne repoussée et peinte et appliquée sur fond bleu.

685 — Deux tableaux de forme carré-long, représentant divers ustensiles exécutés en matières diverses et placés dans des bordures en bois de fer avec ornements découpés à jour.

686 — Deux tableaux de forme carré-long, représentant des paysages exécutés en corne sculptée.

687 — Deux panneaux en bois sculpté et doré, offrant des médaillons de paysages avec figures très-finement exécutés et avec encadrements de fleurs et d'ornements découpés à jour.

688 — Quatre panneaux de forme carré-long en hauteur, représentant des paysages et des fleurs exécutés en bois sculpté en relief et appliqués sur un fond de laque.

689 — Deux écrans de forme carrée, représentant des paysages exécutés en corne sculptée ; monture en bois sculpté.

690 — Deux grands tableaux de forme carré-long en hauteur, représentant des arbustes et des oiseaux exécutés en bois, jade, émail cloisonné et autres matières; bordure en bois de fer incrusté d'ivoire et de nacre de perles.

691 — Deux tableaux de forme carré-long en hauteur et très-étroits, représentant des paysages exécutés en bois sculpté et ivoire peint; bordure en laque rouge de Pékin avec ornements sculptés en relief.

692 — Deux écrans représentant des arbustes et des animaux exécutés en matières diverses sur fond laqué; monture en bois sculpté.

693 — Racine de bois. — Deux grands groupes représentant des personnages montés sur un éléphant et sur un cerf.

Instruments de Musique et Objets divers.

694 — Sorte d'instrument composé de dix-sept petits tam-tam avec parties renflées au centre et montés sur des baguettes reliées entr'elles par des balustres; l'ensemble de l'instrument est de forme ovale.

695 — Sorte de violoncelle en forme de mandoline en ivoire avec parties laquées et burgautées; cette pièce est accompagnée de son archet.

696 — Mandoline à manche carré.

697 — Autre mandoline à très-long manche avec clefs en ivoire.

698 — Tambourin en forme de balustre renversé, enrichi d'incrustations de verre teinté.

699 — Sorte d'harmonica en forme de bateau, avec touches en bois.

700 — Trois pièces : sorte de tambour de basque avec attaches en ivoire ; deux petites cymbales en cuivre et une flûte.

701 — Neuf instruments garnis chacun de quantité de tuyaux de bambou de différentes longueurs.

702 — Deux jardinières en cuivre repoussé et doré, garnies de pierres fausses et contenant des arbustes exécutés en matières diverses.

703 — Jardinière de forme carré long en cuivre doré, avec appliques en filigrane d'argent émaillé et pierreries.

704 — Cinq coupes en bois laqué, dont trois avec ornements en verre teinté et les deux autres incrustées de nacre.

705 — Boîte à ouvrage et buvard en marqueterie du Bengale.

706 — Petite papeterie de même travail.

707-708 — Sept carnets et porte-cartes en marqueterie du Bengale. Ce lot sera divisé.

709 — Dix tasses avec soucoupes et deux bols en écaille.

710 — Un fort bloc de minerai.

711 — Deux cornes de buffle.

Albums, Dessins et Livres.

712 — Grand album contenant quinze gouaches sur papier représentant des jeux d'enfants.

713 — Grand album contenant quinze gravures représentant des sujets de batailles et autres.

714 — Deux très-petits albums contenant des gravures représentant des sujets ayant trait à la culture du riz, et deux autres albums plus grands représentant des sujets variés.

715 — Deux albums; l'un d'eux contient douze dessins à l'encre de Chine représentant des femmes dans des paysages; et l'autre quinze dessins sur soie, en couleurs, représentant des divinités dans des paysages.

716 — Dix-neuf dessins très-fins à l'encre de Chine représentant des sujets de personnages, et vingt-deux gouaches sur étoffe représentant des fleurs et des oiseaux.

717 — Douze rouleaux, dont quatre grands et huit petits, représentant des sujets divers, peints sur papier.

718 — Un rouleau très-finement gouaché sur soie, représentant des figures et des animaux dans des paysages.

719 — Un rouleau finement peint sur soie représentant quantité de figures de femmes dans un paysage accidenté.

720 — Un rouleau peint sur soie représentant un paysage avec kiosques et un grand nombre de personnages très-finement exécutés.

721 — Quatre rouleaux gouachés sur papier représentant des paysages avec figures et animaux.

722 — Trois rouleaux peints sur soie représentant des jeux d'enfants et des paysages avec figures.

723 — Deux rouleaux représentant des sujets de la mythologie chinoise à l'encre de Chine, l'un d'eux peint sur papier et l'autre sur soie.

724 — Un rouleau représentant un paysage imprimé sur papier, et huit stores peints sur papier tissé représentant des fleurs et des personnages.

725 — Grande quantité d'ouvrages chinois imprimés, dont quelques-uns avec planches, sur les sciences, les arts, etc., qui seront vendus par lots.

Meubles.

726 — Très-grand écran en bois de fer sculpté, garni de neuf grands panneaux représentant des paysages montagneux exécutés en bois et ivoire sculpté et enrichis de personnages en jade blanc; sur le fond bleu se trouve un grand

nombre d'inscriptions dont les caractères sont exécutés en jade blanc.

727 — Très-grand lit en marqueterie de Ning-Po, ivoire et bois, enrichi d'ornements et d'animaux sculptés et découpés à jour, et de panneaux peints sur soie ; ce meuble, de construction bizarre, se compose du lit proprement dit, séparé d'une petite antichambre de forme carré-long par deux portes à coulisses ; sa façade est garnie, à sa partie supérieure, d'un avant-corps de même travail.

728 — Autre lit en marqueterie de Ning-Po, bois et ivoire, enrichi d'ornements et d'animaux en bois sculpté et garni à sa partie supérieure d'un avant-corps de même travail.

729 — Autre lit en marqueterie de Ning-Po, à quatre faces, enrichi de très-fines sculptures en bois découpé à jour.

730 — Autre lit en marqueterie de Ning-Po, garni de panneaux finement peints sur soie.

731-732 — Deux meubles étagères en marqueterie de Ning-Po, bois et ivoire, enrichis de médaillons et d'encadrements en bois sculpté et découpé à jour ; ils sont garnis de portes ouvrant à coulisses et surmontés de pavillons.

733 — Deux meubles-étagères en laque rouge incrusté de nacre de perles et garnis d'encadrements en laque burgauté découpé à jour.

734 — Meuble à hauteur d'appui et à deux portes en marqueterie de Ning-Po, ivoire et bois, à figures et paysages.

735 — Grande cheminée en ~~granit gris~~, dont la frise représente deux dragons sculptés en relief. Les montants à pilastres, ont leurs faces décorées d'arbustes et d'animaux, et supportent des chimères sculptées en ronde-bosse.

736 — Deux tables présentoirs en laque aventuriné à dessins d'or, représentant des paysages, des fleurs et des animaux.

737-738 — Deux meubles en marqueterie de Ning-Po, à portes pleines et deux rangs de tiroirs dans le bas et à deux portes dans le haut, garnies de médaillons sculptés et découpés à jour, à fleurs et oiseaux.

739-740 — Deux étagères surmontées de pavillons chinois en marqueterie de Ning-Po, enrichies de figures et d'ornements en bois sculpté.

741 — Grand guéridon en marqueterie de Ning-Po, ivoire et bois, avec pied à consoles sculptées et découpées à jour.

742 — Deux guéridons analogues à celui qui prédède, mais plus petits.

743 — Guéridon analogue à ceux qui précèdent.

744 — Deux guéridons analogues à ceux qui précèdent, mais de forme hexagone.

745-746 — Deux très-grands écrans en bois de fer sculpté garnis de panneaux représentant des arbustes et des animaux en relief exécutés en jade, en malachite et autres matières.

747 — Paravent à douze feuilles en laque fond or avec arbustes et oiseaux en relief, peints en couleurs et or. 2420

748 — Table de forme carré-long en bois noir laqué incrusté de fleurs et d'ornements en nacre de perles.

749 — Grande table de forme carré-long en bois noir laqué incrusté de fleurs et d'ornements en nacre de perles. 840

750 — Meuble-étagère en laque noir à paysages dorés et incrusté d'ornements en bois sculpté et doré. Ce meuble est garni à l'intérieur d'un miroir métallique de forme ronde.

751-753 — Six chaises en bois de fer sculpté à fleurs et ornements et foncées en canne. Leurs dossiers sont garnis de colonnettes torses. Elles seront vendues par deux. 246 246 246

754 — Quantité de socles en bois sculpté et autres, qui seront vendus par lots.

755 — On vendra sous ce numéro les objets omis au présent catalogue.

15.

1117,75

1.43

208 — 931

5216166

23.16

1.07

1121

2 —

1 —

1117,75

14.00 —

www.ingramcontent.com/pod-product-compliance
Ingram Content Group UK Ltd.
Pitfield, Milton Keynes, MK11 3LW, UK
UKHW020935180726
13838UKWH00002B/958